SUR UN AMI FIANCÉ

AVEC

LA SŒUR DE SON AMI,

Et tué malheureusement par lui à la Chasse,

Il faut que le cœur seul parle dans l'élégie.
BOILEAU, *Art Poët.*

Piece qui a concouru pour le prix de l'Académie Française en 1773.

A PARIS,

Chez VALADE, Libraire, rue Saint-Jacques, vis-à-vis celle des Mathurins.

M DCC. LXXIII.

A MADEMOISELLE
B**** DU C**

MADEMOISELLE,

Vous offrir ce faible tribut littéraire, c'eſt publier, je l'avoue, le tendre hommage de mon cœur. Votre modeſtie ſouffrira ſans doute, mais pourriez-vous en ſavoir mauvais gré à l'ardeur la plus pure? & l'Amour ne peut-il ſans offenſer les graces modeſtes, tirer un coin du voile qui dérobe leurs charmes?

Dans ce champêtre aſyle où vous cachez ſi ſoigneuſement tant de talens & de vertus, vous donnerez quelques pleurs au ſort tragique de ces tendres époux. Hélas! ils virent changer le

A ij

plus beau jour de leur vie en un jour de dé-
faftre & de deuil.

Puiffiez-vous retrouver dans ce tableau quelques faibles traits de cette antique & touchante
fimplicité que nous admirions enfemble chez les
Grecs ; de ces graces fimples & naïves, qui ca-
ractérifent le génie, & que l'efprit femble avoir
profcrites de nos jours, parce qu'il n'y peut
atteindre ; de ces beautés dont Virgile hérita &
que nous favourions enfemble avec une forte
d'ivreffe, quand ce Peintre de la nature le plus
ouchant & le plus vrai, fefait l'objet de vos
veilles & de vos délices.

Vous ne defirerez point fans doute, à la place
de ces exclamations fréquentes, de ces longs
épanchemens, de ces retours fur fon infortune
qui font le vrai caractère de la douleur, le faux
brillant des *concetti*, de froids apophtemes, ou
des fentences philofophiques.

Ouvrons celui de tous les Grecs, qui fit parler
le plus éloquemment la douleur ; Euripide dans
ces immortelles *nénies*, (on fait qu'elles furent
d'abord l'unique objet de l'élégie) dans ces plain-
tes funébres qu'il met dans la bouche d'Hécube(1)
ou d'Electre, ne donne-t-il pas, même aux ac-

(1) *Voyez* l'excellente Traduction du théatre des
Grecs par le P. Brumoy.

cens de la fière Melpomene, cette trifte mélodie & cette langueur touchante que le plus pathétique de nos Poëtes a rendue fi fidélement, quand il fait parler la douleur? S'il échappe alors à Euripide, dont le caractère étoit naturellement mélancolique & philofophe, quelque fentence, elle a du moins un raport direct à la fituation; mais elles font rares, malgré le goût des Grecs pour les moralités.

On fait combien l'élégie fut en ufage parmi les premiers Poëtes grecs (1). On voit dans les fragmens qui nous en reftent, quel langage fimple & touchant ils donnaient à l'amour & à la douleur. Pourquoi la douce mélancolie de Properce a-t-elle pour nous tant de charmes? C'eft que le fentiment l'infpire toujours, Ce genre de poëme peu analogue au génie & au caractère français, en a été peu cultivé, du moins avec fuccès; car l'héroïde que l'on paraît y avoir fubftituée de nos jours, en eft différente. Je ne connais que deux élégies dignes d'être remarquées; l'une eft celle de l'inimitable la Fontaine, fur la difgrace de M. Fouquet.

----

(1) Mimnerme fut un des plus célébres Poëtes é|égiaques. Horace & Properce en font mention, & c'eft de lui que ce dernier a dit, *plus in amore valet Mimnermi verfus Homero.*

L'autre eſt du ſeul Poëte philoſophe, dont s'honore la France. Dans ſes regrets touchans qui immortaliſeront les graces & les talens de la Melpomene (1) de la ſcene françaiſe, quelle touche profonde, quelle éloquente douleur !

« Que vois-je ! quel objet ! quoi ces levres charmantes,
» Quoi ! ces yeux d'où partaient ces flâmes éloquentes,
» Éprouvent du trépas les livides horreurs !
» Muſes, Grâces, Amour dont elle fut l'image,
» O mes Dieux & les ſiens, ſecourez votre ouvrage.
» Que vois-je ! c'en eſt fait. Je t'embraſſe & tu meurs,
» Tu meurs ! ... ...

Et cette apoſtrophe pathétique & ſublime ;

Que direz-vous, race future,
Lorſque vous apprendrez la flétriſſante injure
.   .   .   .
.   .   .   .

L'un naturellement calme & tranquile, & peu propre au ton de l'élégie, épanche doucement ſes regrets dans le ſein des Nymphes de Vaux (2). L'autre vif & brûlant ſe peint au lit de l'objet qu'il adore, recueillant ſon dernier ſoupir. Celui-là par ſa douleur plus affeɕtueuſe que profonde, m'intéreſſe à la diſgrace de ſon bienfai-

_____

(1) Adrienne le Couvreur.

(2) Maiſon de plaiſance de M. Fouquet.

teur ; celui-ci me pénetre par des traits de feu, qu'il mêle avec fes pleurs, & fait paffer dans mon ame toute fon indignation contre l'ingratitude des hommes & leurs tyranniques préjugés. L'un fe plaint comme Erato, & l'autre conferve encore dans fes regrets la touche fière de Melpomene. Tantôt il gémit, tantôt il s'indigne & éclate comme elle dans fa douleur.

Si je n'offrais ici, Mademoifelle, qu'un hommage à l'amour, je vous demanderais grace pour cette longue digreffion ; mais je lui confacre ce faible tribut, moins encore qu'à cette jeune amatrice des Arts, qui à douze ans expliquoit Virgile, qui s'égaye avec Térence, & qui penfe avec Horace.

Aimez ces arts dont l'heureufe alliance ne forme, pour ainfi dire, qu'une famille. La Peinture, la Mufique & la Poëfie font, comme vous le dites fouvent, trois Sœurs qui, femblables aux trois Grâces, fe tiennent par la main, & ne doivent jamais fe quitter : mais il ne faut point en féparer l'amour pour que la reffemblance foit entiere. Si j'ofais citer encore ici le Poëte de nos jours, qui cultiva toutes les Sciences, dans fon Epître à cette femme illuftre, qui fit la gloire de votre fexe & l'ornement de fon fiécle, je vous dirais :

(1) « Le plus grand génie & sûrement le plus
» defirable, eft celui qui ne donne l'exclufion
» à aucun des beaux Arts. Ils font tous la nour-
» riture & le plaifir de l'ame : y en a-t-il dont on
» doive fe priver ? Heureux l'efprit que la Phi-
» lofophie ne peut deffécher, & que les charmes
» des belles Lettres ne peuvent amollir ! »

Pourquoi en effet l'art de plaire exclurait-il
celui de penfer ? Si l'on ne jouit, dit-on, qu'une
fois avec la beauté & mille fois avec les grâces,
on jouit toute fa vie avec elles, quand elles fe
trouvent unies à la douceur & aux charmes de
l'efprit. Ce font eux qui font la paffion de tous
les âges, & dont l'heureufe ivreffe, loin d'amener le dégoût, nous rend leur jouiffance plus
défirable & plus chere encore.

La beauté peut féduire les yeux, mais il n'ap-
partient qu'aux grâces, dont l'empire eft au-
deffus de la beauté, & aux agrémens de l'efprit
de concert avec elles, de faire fur nos cœurs ces
impreffions fortes & profondes & ces bleffures
que nous emportons quelquefois fans s'être
fermées, jufque dans la tombe. Enfin ce font

---

(1) *Voyez* l'Épître dédicatoire de M. de Voltaire
à Madame la Marquife du Châtelet, (Tragedie d'Alzire.)

ces charmes qui fement encore quelques rofes
fur les épines de la vieilleffe. C'eft après leur
jouiffance pure que foupirait l'immortel Au-
teur d'Alzire ; c'eft dans le fein d'Uranie , des
Grâces & de l'amitié qu'il brûla, mais envain ,
de finir fon illuftre carriere.

Cultivez donc ces Sciences , le charme de
toute la vie. Laiffez ces efprits froids & ftériles
que l'ignorance & le préjugé retiennent encore
dans leurs entraves , s'éfforcer d'avilir les Arts ,
ces confolateurs de l'humanité. Hélas ! ils en
ignorent les douceurs. Le trifte oifeau de la nuit
peut-il juger du chant de la Fauvette ?

Ils confondent dans votre fexe les fciences
avec leur vain & ridicule abus qui fut, comme
vous le favez, l'unique objet de la jufte cri-
tique des deux Cenfeurs les plus rigoureux de
l'autre fiécle.

Mais quand on fait comme vous, Mademoifelle,
cacher fous le voile de la fimplicité & de la mo-
deftie , les agrémens de l'efprit , ainfi que ceux
de la nature; quand on ne cultive fes talens que
pour faire adorer la vertu; on n'en eft que plus
affuré d'un double triomphe. C'eft en vous en-
courageant à faire les délices & la joie de vos
Proches , & les charmes de celui à qui vous ren-
dîtes les lettres encore plus cheres , parce que

vous les cultivez, que je termine cette longue
Epître, par ces mots confolans de l'Orateur philofophe :

Studia adolefcentiam alunt, feneɡutem oblectant, fecundas res ornant, adverfis perfugium ac folatium præbent ; delectant domi, non impediunt foris, pernoctant nobifcum, peregrinantur, rufticantur.

Je fuis avec les fentimens les plus refpec-
tueux,

MADEMOISELLE,

Votre très-humble, très
obéiffant Serviteur,
C. BOUTROUX DE MONTCRESSON,
Avocat au Parlement.

SUR UN AMI FIANCÉ
AVEC
LA SŒUR DE SON AMI,
Et tué malheureusement par lui à la Chasse *.

Où fuis-je ! quel objet vient de frapper mes yeux !
C'est parmi ces tombeaux, dans ces funébres lieux,
Sous cette mousse antique où dorment les Ancêtres
Des humbles habitans de ces hameaux champêtres ;
C'est-là qu'est renfermé, sous un froid monument,
De mes vives douleurs l'éternel aliment.
C'est près de ce hameau, que ma main meurtriere,
Par un funeste coup, te ravit la lumiere.

Au bord de ce tombeau je me sens entraîné.
Approchons... Je frissonne... Époux infortuné !

_____

(*) Cette Piéce est telle que je l'ai envoyée à l'Académie. On sentira, je crois, au ton qui y regne, que cet accident aussi funeste que bisare, n'est que trop véritable. Il arriva dans un Château du Poitou.

Tu te plains, tu gémis. Je crois encor t'entendre...
Dieux! fous mes pieds tremblans je fens frémir ta
    cendre.

   Si les mânes encor font émus de pitié
Par les regrets amers de la tendre amitié,
Si dans mon défefpoir, errant & folitaire,
J'expiai par mes pleurs un meurtre involontaire,
Et fi mes chants plaintifs, mes lugubres accords,
Dans la nuit du tombeau, peuvent fléchir les morts;
O moitié de mon être! Ombre chere & fanglante,
Entends des fombres bords ma Mufe gémiffante.
  «Arrête, me dis-tu, ces cyprès & ces fleurs
» Qui couronnent cette urne humide de tes pleurs,
» Et ces myrtes jettés fur ma tombe plaintive,
» Ont affez appaifé mon ombre fugitive.
» Que ta mufe plutôt étouffe fes accens:
» Épargne à l'amitié ce trop funèbre encens.
» Ne va point, de ma mort retraçant la peinture,
» Déchirer de ton cœur la profonde bleffure ».

   Ah! laiffe-moi du moins, en proie à mes malheurs,
M'abreuver à longs traits du fiel de mes douleurs.

   Que ne puis-je écarter cette affreufe penfée
A mes fens défolés fans ceffe retracée!
Nous touchions au moment où les plus tendres nœuds
Allaient de l'amitié combler enfin les vœux;
Le myrte conjugal, la couronne facrée
Ceignaient déjà le front d'une amante adorée;
L'Amour avec l'Hymen dans un pacte éternel,
Des Grâces refferrant le lien fraternel,
Préparaient, de leurs mains, la pompe nuptiale,
Quand leur fefton fe change en guirlande fatale.

Qui l'eût crû, que ces jeux, ces innocens plaisirs
Nés pour nous dans le sein des champêtres loisirs,
Artisans de nos maux, feraient couler nos larmes,
Quand nos cœurs, tant de fois, avaient gouté leurs
    charmes !

Si dès l'aube du jour, de ses mâles accens
La trompe du Piqueur avoit frappé nos sens,
A ce premier signal, la meute impatiente
Aux sons aigus du cor mêlant sa voix bruyante,
Fatiguait les échos. Hennissant & fougeux
Le rapide Coursier, du clairon belliqueux
Semblait entendre alors la fanfare guerriere :
Son œil étincelant dévorait la carriere.
Ministres de Diane, un saint frémissement
Avait rempli nos cœurs d'un doux saisissement,
Et soudain tous ses feux allumés dans nos ames,
Semblaient nous embraser de leurs célestes flammes.
Franchissant les coteaux, & les monts & les bois,
Si la meute lancée avait mis aux abois
Le Chevreuil bondissant, ou le Liévre timide...
Malheureux... Je frémis... ô Diane perfide !
Quelle terrible image !.. Ah ! plutôt que mes pleurs,
De mon pinceau lugubre effaçant les couleurs,
Dérobent pour jamais cette affreuse peinture,
Dont l'humanité souffre, & dont mon cœur murmure.
Que l'Amitié plutôt sur ce sanglant tableau,
Tire aux yeux de l'Amour un éternel rideau.

Dieux ! je te vois encor sur la terre fumante,
Presser en frissonnant ta blessure écumante,
Dans les flots de ton sang te rouler de douleur !
Une extase d'effroi, de surprise & d'horreur,

Enchaînant mes efprits & mon ame ftupide,
Avait glacé mes fens : mais le tube homicide
De mon bras meurtrier allait venger l'erreur,
Quand le coup part envain & trompe ma fureur.

Je tombe à tes genoux dans ma rage impuiffante,
Et fur ton fein alors portant ma main tremblante,
Hélas ! mes foins tardifs en étanchaient le fang,
Quand fes reftes déjà fe glaçaient dans ton flanc.

« Calme ces noirs accès dont frémit la nature,
» N'aigris point , me dis-tu , ma mortelle bleffure.
» Pour venger mes douleurs , quel barbare deffein !
» Veux-tu porter deux fois le trépas dans mon fein?
» Du meurtre de ton bras ton ame eft innocente.

(» N'afflige point encor l'amitié gémiffante :
» Mais pardonne , ô Julie ! une homicide erreur !...)
» Dans mon fein palpitant quelle froide terreur...
» Oh ! trop funefte coup ! déjà mon cœur fe glace.
» Serre-moi dans tes bras... Eft-ce toi que j'embraffe ?
» De ton frere expirant que ce baifer facré
» D'un éternel pardon foit le fceau révéré.
» Recueille ce foupir de ma bouche tremblante,
» Voilà donc le dernier que j'offre à mon amante!
» O Julie... à ce nom, fur fes lévres mourant,
Mes bras ne ferrent plus qu'un corps froid & fanglant.
Je fixe en frémiffant ces horribles images.
Teint du fang d'un ami , je fuis d'affreux rivages :
J'erre dans les forêts. Là , dans leur fombre horreur,
Un filence étouffant irritait ma fureur.
Enfin de mes fanglots les échos retentiffent,
Diane en eft émue , & fes Nymphes frémiffent.

Hélas! que faifais-tu? toi, dont l'heureux inftinct
S'enchaîne au fort de l'homme & veille à fon deftin,
Quand de fes froids amis l'effain lâche & timide
Dans les temps orageux montrant un cœur perfide,
S'envole & l'abandonne à fes triftes revers.
Toi, qui le fuis encor, s'il eft chargé de fers.
De la fidélité fymbole inviolable,
On te vit agité, plaintif, inconfolable,
Près d'un maître expirant partager fes douleurs.
Tu léchais fa bleffure & l'arrofais de pleurs.
On te vit à ma honte, ô piété fidéle !
Offrir de l'amitié le plus touchant modéle,
La nuit, garder le corps, le conduire au hameau,
L'accompagner enfin fur les bords du tombeau :
Là, veillant fur fa cendre, une amère trifteffe
Te fit fécher d'ennuis, & mourir de tendreffe (*).

Cher Ami, me difais-je en proie à mes remords,
Prêt d'aller à l'autel, tu defcends chez les morts!
Pour la fête déjà ton amante parée,
Accufant la lenteur de la pompe facrée,
Sur fon lit parfumé répand à pleine main
Les myrtes de l'Amour, les rofes de l'Hymen;
Inutiles apprêts! dans la tombe fatale
La mort a préparé ta couche nuptiale !

Mais quel coup, ô ma Sœur, déchirera ton fein,
Quand tu fauras encor quel eft fon affaffin ?

(*) Ce trait n'eft point ajouté à la fingularité de
l'Hiftoire. Ce Chien en effet fe laiffa mourir de faim
fur la tombe de fon maître. *Voyez* à la note finale deux
exemples de l'attachement le plus inviolable de la part
de cet animal.

Quand fa pompe funébre & de fang dégoutante . . . .
Quelle pompe, grand Dieu, pour les yeux d'une amante!
Où me cacher? où fuir? déjà de ta douleur
J'entends les cris plaintifs qui me percent le cœur.

O toi, dont le regard cruellement propice,
M'enchaînait par des fleurs au bord du précipice,
Diane, qui reçus dès mes plus jeunes ans
Sur tes chaftes autels mes vœux & mon encens,
J'abjure pour jamais ton culte trop funefte;
Mânes encor fanglans, c'eft vous que j'en attefte!
Que vois-je? Quel objet... affreux preffentimens,
Êtes-vous accomplis, dans ces cruels momens?
(Pour publier les maux, dans fon zèle homicide,)
(Toujours la renommée eut une aîle rapide.)
Une femme éplorée, en longs habits de deuil,
De ce Temple facré vient de franchir le feuil.
Ses cheveux font épars, & fa main défaillante
Serre contre fon cœur une urne encor fumante.
De fon fein oppreffé les longs gémiffemens,
Des mânes attendris perçant les monumens,
Font foupirer l'écho de ces voûtes funébres
Dont le foleil jamais n'éclaira les ténébres.
Mon cœur eft déchiré...Mais qu'apperçois-je?...ô Dieux!
Quel finiftre appareil vient de frapper mes yeux?
O Ciel! dans le malheur dont le poids me confume,
N'ai-je point de ta coupe épuifé l'amertume?
Je la vois embraffant les marches de l'autel,
Dépofer fa douleur aux pieds de l'Immortel.

Quelle pompe lugubre & quelle trifte fête !
De ce bandeau facré je vois ceindre fa tête:
Un voile ténébreux me dérobe fes traits...

Hélas !

Hélas ! c'en eſt donc fait? Quoi ! ces touchans attraits...
Quelle couche funeſte ! *...Ah ! fuyons.., je ſuccombe.
O Ciel ! elle deſcend vivante dans la tombe !
Et moi ſeul je ſurvis aux plus affreux malheurs,
Pour épuiſer du ſort les cruelles rigueurs !

Des Grâces & des Ris la troupe déſolée,
D'une gaze funébre en fuyant s'eſt voilée :
Sur l'autel de l'Hymen, inondé de ſes pleurs,
L'Amour a déchiré ſa guirlande de fleurs.

Ainſi, dans ſa douleur, la chaſte tourterelle
A ſon premier époux juſqu'à la mort fidelle,
Et gémiſſant ſans ceſſe autour de ſon tombeau,
N'a jamais de l'Hymen rallumé le flambeau.

Pardonne, chere Sœur, épouſe infortunée ;
N'accuſe que le ſort, & plains ma deſtinée.
Jamais de ton époux les vifs empreſſemens,
Hâtant de ſon retour les doux embraſſemens,
Ne te feront gouter leur raviſſante ivreſſe,
Ni de faibles enfans témoins de ſa tendreſſe ;
N'éleveront leurs mains & leurs cris innocens,
Pour voler de ton ſein dans ſes bras careſſans,
Et cueillir avec toi ſur les lévres d'un père
Des baiſers enviés aux tranſports de leur mère.

A l'ombre des autels, ſous tes chaſtes lambris,
Que ma lyre profane, enchaînant tes eſprits,

(*) Ce tragique événement lui fit prendre le voile
dans un couvent de Sainte Claire, ou de l'*Ave Maria*.
Ces Religieuſes couchent dans leur bière, & ſe levent
deux fois la nuit.

B

Suspende en ce moment cette voix adorée,
A des cantiques saints jour & nuit consacrée.
De Philomele ainsi les sons mélodieux,
Au coucher du soleil, s'élevent vers les Cieux,
Et sa touchante voix se fait entendre encore,
Quand ton chant matinal a devancé l'aurore.

Daigne prêter l'oreille à mes tendres accens.
De la triste Erato que ce propice encens,
S'élevant jusqu'à l'urne où des cendres chéries
Reposent sous des fleurs par mes larmes flétries,
D'une ombre encor sanglante appaise le courroux.
Daigne adresser mes chants aux mânes d'un époux.
Que la main de l'Amour touché de mon offrande,
Consacre d'un ami la funébre guirlande.

PARMI une foule de traits de la fidélité inviolable que l'on a toujours remarquée dans les Chiens, je n'en rapporterai que deux exemples frappans.

Étant arrivé à Baldok, dit un Voyageur, j'allai avec mes camarades de voyage me promener autour de la Ville pour en voir les déhors. Nous nous arrêtâmes à un cimetière où nous vîmes avec étonnement un Chien affis fur fon derriere, comme s'il demandait quelque chofe. Nous nous approchâmes peu à peu ; il était fur une tombe qui paraiffait nouvellement faite, au deffus de laquelle il y avait une Epitaphe qu'on aurait cru qu'il regardait attentivement. Nous nous amusâmes à le confidérer ; pendant tout ce temps, il ne détourna jamais les yeux de fon objet, & ne fit aucune attention à nous, quoique nous nous fuffions approchés à trois pas de ce tombeau. Mais nous étant avancés plus près, la crainte lui fit prendre la fuite. Nous lûmes l'infcription qui portait feulement que Sara Godfmith était inhumée en cet endroit. Un homme de cette Ville paffa par hazard dans ce Cimetière ; nous lui demandâmes s'il y avait quelque particularité au fujet de la perfonne dont le corps repofait dans cette tombe. Oui, Meſſieurs, nous répondit-il ; c'étoit la femme la plus groſſe qu'il y eut dans le monde, car elle peſait 260 liv. il ajouta qu'elle avait un petit chien qui ne feſait qu'aboyer , & dont néanmoins elle était folle ; que depuis plus de deux ans qu'elle était morte , il ne manquait jamais, quelque temps qu'il fît, de venir trois fois par jour ſur cette tombe, & d'y reſter dans l'attitude où nous l'avions trouvé & y gla-piſſant continuellement.

British-magaſine.

Cet attachement inviolable nous rappelle le trait fameux du chien d'Aubri de Montdidier, qui a paru digne d'être conſigné dans l'hiſtoire & d'être tranſmis par le pinceau à la poſtérité.

Aubri de Montdidier paſſant ſeul dans la forêt de Bondi , y fut aſſaſſiné , & enterré par l'aſſaſſin. Son chien, après avoir demeuré plu-ſieurs jours au pied de l'arbre où le meurtrier avait cru enſevelir ſon crime, preſſé par la faim , abandonne pour quelque temps le corps de ſon maître, & vient à Paris chez un ami du mal-heureux Aubri. En revoyant cet ami il ſemble par ſes hurlemens lui annoncer la fin tragique de ſon maître.

Après avoir appaiſé la faim qui le dévorait, il recommence ſes cris, va à la porte, tourne la tête pour voir ſi cet ami le ſuit, revient, &

redoublant fes cris, il le tire par fon habit &
femble le preffer de le fuivre. Ses vives agita-
tions, fon arrivée fans être accompagné de fon
maître qu'il ne quittait jamais, tous les carac-
tères d'une douleur profonde, fi énergiques dans
le plus fenfible de tous les animaux, firent naître dans le cœur d'un ami de fâcheux preffentimens. Il fuit le chien qui le conduit au milieu
de la forêt de Bondi. A peine ce guide fidele
eft-il au pied de l'arbre, qu'il redouble fes cris,
& grattant la terre avec fes pieds, il femble dé-
figner à l'ami de fon maître, l'endroit où il
doit chercher. Cet ami y fit fouiller fur le champ
& y trouva le cadavre encore tout fanglant du
maheureux Aubri.

A quelque temps de-là, par un heureux effet
de cette providence qui veille fur la punition
du crime, le chien rencontre l'affaffin, il lui
faute à la gorge, & ce n'eft qu'avec le plus
grand effort que l'on parvient à lui faire lâ-
cher prife, & chaque fois qu'il rencontre le
Chevalier Macaire (c'était le nom du meurtrier), il l'attaque & le pourfuit avec le
même acharnement.

La haine implacable de ce chien, fon attachement inviolable pour fon maître, les cir-
conftances qu'on fe rappella alors, où le Chevalier Macaire avait laiffé échapper la haine

d'un courtisan jaloux contre Aubri de Montdidier, firent naître de justes soupçons; le Roi
frappé de tous les indices qui se réunissaient
contre Macaire, se fait amener le chien qui
paraît tranquile jusqu'au moment où apperce-
vant le Chevalier Macaire parmi une foule de
courtisans, il tourne, aboye, & cherche à se
jetter sur lui. Le Roi jugea *qu'il échéait gage de
bataille*, c'est-à-dire, qu'il ordonna le duel entre
le Chevalier & le chien, & voulut que toute
sa Cour fût témoin de ce combat singulier,
jusqu'alors inoui.

Dans ces temps malheureux où les querelles
se vuidaient par l'épée, où l'assassin se purgeait
du forfait qu'on lui imputait en commettant un
crime aussi atroce, où un nouveau meurtre prou-
vait l'innocence & établissait le Jugement de
Dieu (sur l'absurde persuasion où l'on était que
le Ciel ferait plutôt un miracle que de laisser
périr l'innocent) le champ clos fut marqué dans
l'Isle Notre-Dame, qui n'était alors qu'un ter-
rein vague & inhabité. Le Chevalier Macaire
parut dans l'arêne armé d'un gros bâton. Le
chien n'avait d'autres armes que son animosité
& son juste ressentiment. Un tonneau percé
lui servait seulement pour sa retraite & ses re-
lancemens.

On le lâche, il court à son Adversaire, tourne autour de lui, esquive adroitement ses coups; tantôt il fuit pour le fatiguer par de vains efforts, tantôt il l'attaque, l'oblige de se défendre lui-même, & lui fait plusieurs blessures. Enfin après l'avoir harcélé, il s'élance sur lui, le saisit à la gorge, le renverse par terre & l'oblige de faire l'aveu de son crime en présence du Roi & de toute sa Cour.

On voit encore ce tableau sur la cheminée de la grande salle du château de Montargis. Plusieurs Auteurs placent cet événement sous le regne de Charles V. Jules Scaliger & le Père Montfaucon rapportent cette histoire. *Voyez les essais histor. sur Paris.*

Dans un siécle où l'on n'en impose plus à la raison par des systêmes quelque ingénieux qu'ils puissent être, quelqu'un après avoir lu le trait immortel de ce chien généreux, oserait-il encore défendre les rêveries du célébre Descartes sur l'Automatisme de bêtes? Son hypothèse est aussi absurde que le roman ingénieux du P. Bougeant sur leur langage, m'a paru renfermer de vérités; mais l'esprit systématique est toujours voisin des deux extrêmes. Le systême du sage & de la raison tient toujours le milieu.

F I N.

Lû & approuvé, à Paris ce 19 Août 1773. MARIN.
Vu l'Approbation, permis d'imprimer ce 22 Août 1773.
D E S A R T I N E.

www.ingramcontent.com/pod-product-compliance
Lightning Source LLC
Chambersburg PA
CBHW061732180626
46818CB00006B/2574